(N° 269) *Vente du Lundi 20 Mai 1912*

HOTEL DROUOT — SALLE N° 10

N° 92 du Catalogue.

DESSINS

ANCIENS & MODERNES

Me ANDRÉ DESVOUGES. M. LOYS DELTEIL.

FRAZIER-SOYE

Graveur-Imprimeur

153-157, RUE MONTMARTRE

PARIS

CATALOGUE

DES

DESSINS

ANCIENS
&
MODERNES

Dont la vente aura lieu

à Paris, HOTEL DROUOT, Salle N° 10

Le Lundi 20 Mai 1912

à 2 heures précises

Par le Ministère de Me ANDRÉ DESVOUGES,

COMMISSAIRE-PRISEUR

26, *Rue de la Grange-Batelière*

Assisté de M. LOYS DELTEIL, Graveur et Expert

2, *Rue des Beaux-Arts*

EXPOSITION PUBLIQUE, HÔTEL DROUOT, SALLE N° 10

Le Dimanche 19 Mai, de 2 à 6 heures.

CONDITIONS DE LA VENTE

Elle sera faite au comptant.

Les adjudicataires paieront *dix pour cent* en sus des enchères.

M. Loys Delteil remplira les commissions que voudront bien lui confier les amateurs ne pouvant y assister.

MM. les Amateurs pourront visiter la collection, 2, *rue des Beaux-Arts*, les Vendredi 17 et Samedi 18 Mai 1912, de 2 heures à 5 heures.

EXPOSITION PUBLIQUE : Hotel Drouot

Salle N° 10

Le Dimanche 19 Mai 1912, de 2 à 6 heures

N° 18 du Catalogue.

DÉSIGNATION

ANONYME (XVIII° siècle)

1. L'Orage. Encre de chine et sanguine.

ANONYME

2. Sujet galant. Peinture. Panneau. Encadrée.
L. 195. H. 140.

BESNARD (P. A.)

3. Femme à sa toilette. Pastel. Signé du monogramme et daté : 03 (1903). Encadré.
H. 590. L. 480.

BLYHOOFT (Z.)

4. La Colation. A l'encre de chine. Signé et daté : 1675.
H. 251. L. 196.

BOITARD (François)

5. Histoire de Joseph, série de 24 dessins à la plume, lavés d'encre de chine, *signés* et datés : 1692.

BONINGTON (R. P.)

6. Vues, paysages, figures, 64 feuillets de croquis à la mine de plomb.

BOTH (Jean) ?

7. Le petit Pont de bois. Plume et encre de chine. *Signé*. Encadré.
L. 248. H. 195.

BOUCHER (François)

8. Les Laveuses. A la pierre d'Italie, avec légers rehauts de craie. Encadré.
L. 240. H. 176.

BOUCHER (d'après F.)

9. Les Jeunes Bohémiennes. Crayon noir avec rehauts de blanc. Encadré.
H. 395. L. 258.

BRACQUEMOND (Félix)

10. Dargenty (Arth. d'Echerac dit). Crayon. *Signé*. Sous-verre.

CALBET (A.)

11. L'Alsacienne embrassant son Enfant. Esquisse peinte. Signée des initiales. Encadrée.

CALVAERT (attribué à Denis)

12. Pape donnant une audience à un Cardinal. Plume avec rehauts. Sous-verre.

L. 322. H. 227.

N° 13 du Catalogue.

CARESME (Ph.)

13. Les Bacchantes et le Satyre. Gouache. Signée. Encadrée.

L. 247. H. 198.

CARRIÈRE (Eugène)

14. Etudes d'Enfant. Crayon noir. Encadré.

H. 295. L. 192.

CASANOVA (F.)

15. Le Passage du Gué. Plume et sépia. Encadré.

L. 320. H. 233.

COCXIE (Michel)

16. Création d'Eve — Moïse. Deux dessins à la plume. Encadrés.

CORRÉGE (attribué au)

17. Amour tenant des fruits, figure plafonnante. A la sanguine. Encadrée.

H. 186. L. 156.

COROT (J. B. C.)

18. Paysage d'Italie. A la mine de plomb. Signé. Sous-verre.

L. 240. H. 180.

19. Le Dome derrière le bouquet d'arbres. Crayon noir. Signé et daté : *22 n^bre 64*. Sous-verre.

L. 180. H. 112.

COROT (attribué à)

19 *bis*. Souvenir de Monthléry. Etude peinte sur papier reportée sur toile. Encadrée.

L. 250. H. 115.

COURTOIS, DIT LE BOURGUIGNON (Jacques)

20. Le Combat. Plume et sépia. Collections Warwick, Benj. West, etc. Encadré.

L. 445. H. 250.

DECAMPS (A. G.)

21. Cavaliers arabes en reconnaissance. Crayon noir sur papier brun avec rehauts de gouache. *Signé* des initiales.

L. 355. H. 257.

22. Le Passage du gué. Crayon noir sur papier brun avec rehauts de gouache. *Signé* des initiales.

L. 298. H. 188.

23. Sortie de la Mosquée. Fusain.

L. 305. H. 240.

24. Une Ruelle en Turquie. Crayon noir, avec rehauts de gouache. *Signé* des initiales.

H. 335. L. 247.

DELACROIX (Eug.)

25. Intérieur au Maroc. A la mine de plomb, lavé d'aquarelle. Cachet.

L. 218. H. 135.

26. Etudes de figures. Timbre de la vente. A la mine de plomb. Encadré.

L. 314. H. 196.

DESRAIS (C. L.)

27. Silène ivre. A la plume, lavé de sépia. Signé et daté 1769.

L. 276. H. 196.

DIVERS

28. Sujets divers. Trois aquarelles attribuées à Devéria, Charlet et Traviès.

29. Un Chien, par de Condamy — La Sortie du bain, d'après Forain — Titres sérieux, par Gerbault — Croquis par le même. Quatre peintures ou dessins encadrés.

30. Sujets divers, 9 dessins par ou attribués à Ribot, Trouillebert, F. Humbert, Weerts, etc.

31. Sujets divers et Paysages, 12 dessins, la plupart anciens, attribués à Lépicié, Trémollières, De la Fosse, etc.

32. Sujets divers, études, paysages, 19 dessins et croquis anciens et modernes.

DORÉ (Gustave)

33. L'Entrée en ville (pour *Roland furieux*). A la plume. *Signé*. Sous-verre.

H. 422. L. 340.

34. Le Tournoi (pour *Roland furieux*). A la plume. *Signé*. Sous-verre.

H. 357. L. 282.

35. A travers Bois (pour *Roland furieux*). A la plume. *Signé*. Sous-verre.

H. 190. L. 150.

36. Invocation (pour *Roland furieux*). A la plume. *Signé*. Sous-verre.

H. 230. L. 195.

ÉCOLE ALLEMANDE (XVIIIe siècle)

37. Le Dentiste ambulant. Aux trois crayons. Encadré.

L. 204. H. 188.

ÉCOLE FRANÇAISE (XVIIIe siècle)

38. Vulcain forgeant les armes d'Enée. Plume et sépia. Encadré.

L. 247. H. 146.

39. Jeune Fille dansant. A la sanguine, avec la mention : *Dessiné d'après nature à l'Opéra*. Encadré.

H. 280. L. 200.

40. Marie-Antoinette. A la sanguine. De forme ovale. Encadré.

41. Paysages avec ruines et figures. Contre épreuve reprise à la sanguine. Encadrée.

L. 555. H. 408.

42. Paysage orné de ruines. Sépia. Encadré.

L. 247. H. 195.

43. Offrande à Priape. Dessin rehaussé d'aquarelle. Encadré,

44. Marines. Deux aquarelles.

L. (de chaque aquarelle) 295. H. 180.

45. Scènes mythologiques, 3 compositions de forme cintrée. A la plume, lavées d'aquarelle. Encadrées dans un même cadre.

N° 71 du Catalogue.

ÉCOLE HOLLANDAISE (XVIIe siècle)

46. Jeune Femme assise. Crayon et sanguine.
H. 164. L. 143.

ÉCOLE HOLLANDAISE (Débuts du XVIIIe siècle)

47. Scènes de la Bible, 22 feuilles contenant 215 croquis au lavis de bistre.

FAUCHÉ (Léon)

48. Scène d'Intérieur. Pastel. *Signé*. Encadré.
H. 640. L. 530.

FINOT (Baron)

49. Sujets de chasse. Deux gouaches signées et datées : 1892, sous le même cadre.

FORAIN (J. L.)

50. *Tu nous lacheras au moment de prendre le train ?* Crayon noir. Encadré.
L. 480. H. 318.

51. Portrait d'Homme, de trois quarts. Crayon noir et sanguine. Signé. Encadré.
H. 420. L. 295.

52. Portrait d'Homme, de profil. Aux trois crayons. Signé. Encadré.
H. 395. L. 295.

53. Etude de Femme nue. Aux trois crayons. *Signé*.
H. 415. L. 300.

54. Deux Figures. Croquis à la plume. Encadré.

55. Modiste. Croquis au pastel. Signé.
H. 400. L. 225.

FRÉMY (J.)

56. Portraits. Deux dessins aux crayons de couleurs, se faisant pendants. *Signés*. Encadrés.

N° 90 du Catalogue.

GALLAIT (Louis)

57. La Jeune Mère. Aux trois crayons. *Signé* et daté : 1843. Encadré.

H. 213. L. 144.

GELLÉE (Claude)

58. Marine. A la plume, lavé de sépia. Collection Th. Hudson.

H. 197. L. 138.

GIRODET (d'après)

59. Figure allégorique. Miniature. Encadrée.

GOUACHE (xviie siècle)

60. La Caravanne, scène d'Orient. Encadrée.

L. 365. H. 295.

GUARDI (Francesco)

61. Ruines. A la plume.

L. 145. H. 140.

GUILLOUX (Ch.)

62. Paturage. Pastel. *Signé*. Encadré.

L. 318. H. 234.

GUYS (C.)

63. Au Bois. A l'encre de chine.

L. 330. H. 215.

HÉDOUIN (Edm.)

64. Coin de Jardin. Fusain avec rehauts de blanc. *Signé* des initiales.

L. 409. H. 260.

HERVIER (Adolphe)

65. Cabane de pêcheurs. Plume, rehauts d'aquarelle. *Signé* et daté : 54. Encadré.

L. 192. H. 149.

HUET (J. B.)

66. Le Troupeau. Crayon noir. *Signé* et daté : 1771.
L. 460. H. 313.

67. Deux Chèvres. Crayon noir, avec rehauts. *Signé* et daté : 1792. Encadré.
L. 227. H. 184.

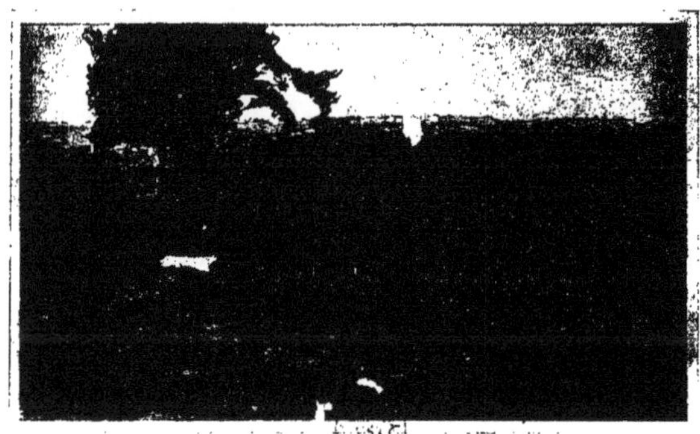

N° 93 du Catalogue.

68. Etude de vache. Crayon noir. *Signé* et daté : 1889. Encadré.
L. 350. H. 278.

HUET (d'après J. B.)

69. Enfants et Animaux. Crayon noir et sanguine. Encadré.

HULSEBOOM

70. Le Chemin à travers bois. Crayon noir.
H. 278. L. 193.

ISABEY (J. B.)

71. Jeune Femme à mi-jambes assise, tenant un médaillon. Crayon noir. *Signé*. Encadré.
H. 445. L. 365.

ISABEY (Eugène)

72. St-Malo. Deux croquis. Cachet de la vente. Sous-verre.

JACQUE (Charles)

73. Un Coin de Village. A la plume. *Signé*. Collection H. Giacomelli. Encadré.

L. 280. H. 151.

74. Pastorale. Crayon noir, avec annotation manuscrite.

L. 194. H. 150.

KLINGSTEDT ?

75. Les Curieuses. A l'encre de chine, avec rehauts d'aquarelle. Encadré.

L. 073. H. 054.

LANCRET (Nicolas)

76. Personnage assis à terre. A la pierre noire. Collection Calendo.

L. 180. H. 137.

LANCRET (Nicolas) ?

77. Femme à la balançoire. A la sanguine, légers rehauts de blanc.

H. 168. L. 158.

LAURENCE (Sir Thomas) ?

78. Portrait de jeune Femme. Dessin rehaussé d'aquarelle. Sur vélin.

H. 080. L. 060.

LAVREINCE (d'après N.)

79. Les Nymphes scrupuleuses. Gouache. Encadrée.

H. 315. L. 235.

LEFEBVRE (Carlos)

80. Vue prise à Mormal (Nord). Aquarelle. *Signée* et datée 86 (1886). Encadrée.

H. 380. L. 270.

N° 101 du Catalogue.

LELOIR (Maurice)

81. Quatre compositions pour *Manon Lescaut*. A la plume, lavis d'encre de chine. *Signés* du monogramme. Encadrées. Seront divisées.

LÉPINE (S.)

82. La Seine, à la Halle aux Vins. Mine de plomb. Encadrée.

L. 200. H. 102.

83. Le Quai à Caen. Mine de plomb. Encadrée.

L. 253. H. 150.

84. Bâteaux de pêche, à Rouen. Mine de plomb. Encadrée.

L. 160. H. 097.

85. Le Vieux puits. Mine de plomb. Encadrée.

H. 205. L. 108.

LE PRINCE (attribué à)

86. Tête de Jeune Femme. A la sanguine.

MANS (Fred H.)

87. Paysage de Hollande. A l'encre de chine.

L. 169. H. 113.

MAURIN (Charles)

88. Sur la scène. Crayon noir, avec rehauts de pastel. *Signé*. Encadré.

H. 615. L. 465.

89. Femme nue, se coiffant. Crayon noir, rehauts de pastel. *Signé*. Encadré.

H. 410. L. 285.

MERSON (Luc Olivier)

90. Gargantua, six dessins à l'encre de chine, rehaussés d'aquarelle. *Signés*.

H. (de chaque dessin), 360. L. 282.

MILATZ (F. A.)

91. Paysage. Pierre noire et encre de chine.

L. 181. H. 145.

MILLET (J. F.)

92. La Baratteuse. Crayon noir. Signé. Collection Breynat de St-Véran. Encadré.

H. 398. L. 250.

93. Le Champ. A la plume, lavé d'aquarelle. Encadré.

L. 192. H. 115.

N° 113 du Catalogue.

N° 139 du Catalogue.

94. Près Cusset, Chapelle de la Madeleine. A la plume, lavé d'aquarelle. Encadré.

L. 152. H. 107.

95. Etude de Femme nue de dos. Crayon. Cachet de la vente. Encadré.

L. 212. H. 160.

MINIATURES

96. Livre d'Heures. Manuscrit du xve siècle, renfermant 12 grandes miniatures et 34 petites, ainsi que de nombreux encadrements de pages et des lettres ornées rehaussées d'or.

MOLYN (Peter) ?

97. Les Chaumières. A la pierre noire, rehauts d'encre de chine.

L. 147. H. 095.

98. Le Moulin. A la pierre noire, rehauts d'encre de chine.

L. 155. H. 097.

99. La Chaumière entourée de planches. A la pierre noire.

L. 159. H. 090.

100. Les groupes d'arbres. A la pierre noire, rehauts d'encre de chine.

L. 178. H. 114.

MOREAU (Louis)

101. La Maison rustique au bord de l'eau. Gouache. Encadrée.

L. 275. H. 190.

MURER

102. Bordeaux. Gouache. *Signée*. Encadrée.

L. 337. H. 247.

NATOIRE (Charles)

103. Etude de deux mains tenant une carafe. A la sanguine. *Signé.*

NICOLLE (V. J.)

104. Vue intérieure de l'Amphithéâtre de Flavius (le Colisée) — Vue des Temples de la Fortune virile et de Vesta. Deux petites aquarelles de forme ronde. Encadrées.

105. Vues des monts Vésuve et de la Somma — Vue du vieux palais de la Rocella, Naples. Deux petites aquarelles de forme ronde. Encadrées.

OSTADE (A. van)

106. Le Paysan au pot. A la plume, lavé d'encre de chine. *Signé* des initiales. Encadré.

H. 078. L. 050.

OZANNE

107. La Tempête. A la sépia. Encadrée.

L. 300. H. 220.

PARIS (Alfred) — PICARD

108. Soldats faisant une tranchée — Jeux d'Enfants. Deux aquarelles. Encadrées.

PICHOT (R.)

109. Au Concert, scène espagnole. Pastel. *Signé.* Encadré.

L. 308. H. 305.

PILLE (Henri)

110. La Garnison en goguette. A la plume, lavé d'aquarelle. *Signé.* Endadré.

L. 355. H. 225.

N° 117 du Catalogue.

PINEAU FILS (D.)

111. Femme et Amour. A la sanguine. *Signé* et datée : 1738. Encadré.

H. 360. L. 242.

PRINS (Pierre)

112. Paysage. Pastel. Sous-verre.

PRUDHON (P. P.)

113. Ronde d'Amours. Crayon noir sur papier jaunâtre, avec rehauts de blanc. Collection du Bon Rey-Roize. Sous-verre.

H. 307. L. 238.

PUGET (Pierre) ?

114. Scène Familiale. A la plume. Au verso variante du même sujet. Collection de Chennevières.

L. 301. H. 190.

RAFFAELLI (J. F.)

115. Le Dernier jour du Condamné. A l'encre de chine. *Signé* des initiales. Encadré.

L. 345. H. 200.

116. L'Actrice. A la plume et au crayon avec rehauts, sur papier Gillet. *Signé*. Encadré.

REMBRANDT VAN RIJN

117. La Chasse au cerf. A la plume.

L. 280. H. 172.

ROBIDA (A.)

118. Le Cortège de Mayence (Centenaire de Gutenberg). Aquarelle. *Signée*.

ROCHEGROSSE (Georges)

119. Composition pour ? A la plume, lavé d'encre de chine. Signé. Encadré.

L. 285. H. 165.

ROELOFS (W.)

120. Vaches au paturage. Crayon noir. *Signé*. Encadré.
L. 397. H. 280.

ROPS (Félicien)

121. Nubilité (E. R. 267). Vernis mou. Superbe épreuve avec *trois croquis originaux* en marge, *rehaussés de pastel* et longue légende *manuscrite* transcrite par Rops.

122. Etude (de la figure de Femme) pour l'*Incantation*. A la plume, *signé* des initiales et daté : 1883.
H. 175. L. 110.

123. Tête de Femme. Crayon avec légers rehauts. Signé des initiales.
H. 080. L. 055.

ROUSSEAU (Théodore)

124. Sentier du Cuvier-Châtillon (forêt de Fontainebleau). Crayon et encre de chine. N° 325 de la vente Th. Rousseau.
L. 202. H. 187.

125. L'Eglise de village. A la mine de plomb. Timbre de la vente.
L. 093. H. 056.

SAFTLEVEN (Hermann)

126. Les Masures. A la pierre noire.
L. 187. H. 140.

SAINT-MARCEL (Edm.)

127. Une Lionne. Plume encre de chine et sépia. Encadré. On a apposé le cachet de Delacroix sur ce dessin.
L. 350. H. 188.

SCHLAUS (A.) — BURGSTAL

128. Notre-Dame, vue du quai de Béthune. Pastel. Signé — Paysage. Aquarelle signée des initiales. Deux dessins. Encadrés.

SISLEY (A.)

129. Une Rue. Aux crayons de couleurs. *Signé*. Encadré.

H. 285. L. 243.

130. L'Eglise. Aux crayons de couleurs. *Signé*. Encadré.

H. 300. L. 228.

STEINLEN (Th. A.)

131. *Des ouvrières, du peuple — ça ne compte pas.* Crayon noir. *Signé*. Encadré.

H. 510. L. 395.

132. Marcheuses — A la Goutte-d'Or. Deux croquis au crayon noir (un avec la signature d'Aristide Bruant). Encadrés.

SWAGERS (F.)

133. Paysages. Deux dessins à la sépia, formant pendants. Encadrés.

TIÈPOLO (Domenico)

134. Sujet religieux. Plume et encre de chine. *Signé*.

H. 248. L. 168.

TROYON (Constant)

135. Bords de Rivière. Crayon noir, avec rehauts de craie. Timbre de la vente. Encadré.

L. 560. H. 400.

TURNER (J. M. W.) ?

136. Marine. Aquarelle. *Signée.* Encadrée.
L. 325. H. 230.

VANLOO (Carle) ?

137. Études de Figures. A la sanguine. Encadré.
L. 230. H. 210.

VANLOO (attribué à Carle)

138. Sujets religieux et études diverses. Sept dessins (3 aux crayons de couleurs).

VERNET (Carle)

138 *bis.* Le Maréchal ferrant. Sépia. Signée des initiales.
L. 245. H. 193.

WATTEAU (Antoine)

139. La Sortie du Bain et croquis de femme nue. A la sanguine. Encadré.
H. 205. L. 156.

140. Etude de Femme nue. A la sanguine. Encadré.
H. 205. L. 153.

141. Etude de Pins. A la pierre noire.
H. 356. L. 228.

WILLE FILS (P. A.) ?

142. Le jeune Garçon endormi. A la sanguine. De forme ovale.
H. 360. L. 240.

WIT (J. de)

143. Sujet mythologique. A la plume, lavé d'aquarelle. Encadré.

144. Allégorie, motif pour un plafond. Aquarelle. Encadrée.

H. 253. L. 225.

ZUCCARELLI (F.)

145. La Danse. Aquarelle.

H. 166. L. 135.

ZUCCHARO (Toddeo)

146. Portrait de gentilhomme. Aux crayons de couleurs. Encadré. Cadre ébène.

H. 315. L. 245.

147. Sous ce numéro, il sera vendu quelques dessins non catalogués.

N° 134 du Catalogue.

FRAZIER-SOYE

GRAVEUR-IMPRIMEUR

153-155-157, Rue Montmartre

PARIS

www.ingramcontent.com/pod-product-compliance
Ingram Content Group UK Ltd.
Pitfield, Milton Keynes, MK11 3LW, UK
UKHW020224180726
13838UKWH00005B/2182

9 782329 381725